山野搜救事件簿

VMST自立民間搜索隊 主編

萬里機構

序

序一

「貳零貳壹零肆貳貳」是特別的數字。

在二〇二一年四月二十二日之前，我們隊員之間互不相識，在社會各階層從事不同職位，卻有着一樣的信念，堅守一樣的價值，所以我們才會走在一起做一樣的事——義務山野搜索。

我們知道「明知不可為而為之」的道理，就算只有一點希望我們都繼續堅守，帶領每位失蹤者走出黑暗。

Ricky
VMST 創辦人

序二

致：一直支持自立民間搜索隊（VMST）的朋友們

大家好，我是香港民間搜索隊 VMST HK 的 Jason。

其實我加入 VMST 真是一場緣分，和本會很多創辦人一樣，都是因二〇二一年四月一宗飛鵝山失蹤事件而相識。當時的我只是懷着一顆幫助失蹤人士鄧小姐（化名）的心，略盡自己綿力而已。

如果當天深夜時分沒有選擇踏出自己家門參加搜索行動，VMST 都會誕生，但名單上一定沒有我。

無奈，鄧小姐最後離世，相信當時有份參與搜索的朋友都充滿悲傷、絕望，百感交集。

當時我在想，如果我們能夠早一步，更有組織地集合一班熱心市民上山搜索，結果會不會改變呢？可惜，這個世界沒有如果，意外已經發生了，與其思索不可改變的過去，何不付諸行動，創造更多可能性？所以我有個念頭：要在當時用作召集的社交平台群組當中，結識更多志同道合的朋友，創立一個搜索山上失蹤人士的組織，在這個時候我就認識了 Ricky。

在此我先要向他感恩，他在營運整個組織上出錢又出力：上山搜索前聯絡家屬、準備後勤物資和裝備、組織搜索路線，到完成搜索行動後，還一一接載所有隊員回家，沒有他的付出和堅持，相信不會有今天的 VMST。

第二個要感謝的，是香港著名網絡媒體 MILL MILK（下簡稱 MM）的阿京。MM 是一群專訪香港各大小人物和地道故事的頻道，我們在二〇二一年七月的搜索行動，他們都全程採訪，為我們拍攝整個搜索行動。我也是從事相關工作，知道一邊跟隨我們搜索一邊拍攝是很不容易，加上講求互相信任，才有這麼高質的採訪片段出現——這視頻的觀看次數更突破二十萬人次！很多人都是因為這採訪片段而認識我們，從而加入成為一分子，讓 VMST 達致今天的規模。

我最想對各位支持我們的朋友說的是：永遠都不可以忽視任何可能性。VMST 主力是在山上搜索失蹤者，但是我們團隊明白，搜索永遠都是辛酸且充滿挫敗，結局對大家來說往往都是非常沉重，所以我們未來會以更多不同形式，例如影片製作、舉辦興趣班，甚至連我們都無想像過，有機會在文化界上出現我們的足跡，來宣揚山上安全的訊息。

搜索如是，生活如是，永遠都要對未來抱持着無限可能。人生比你想像中，更精彩，更具可能性。

Jason

VMST 創辦人

序三

我並沒有甚麼特別感人的原因而加入搜索隊，我只是將心比己，哪怕有一天我不幸上山迷途了，我也希望有人來找我。既然自己有這樣的能力，而面前亦有實現理想的機會，那麼便去做吧！

在郊野義務搜索隊（CVST）服務的兩年間，由一個略懂行山的年青人，在各位前輩的帶領下慢慢成長，在此要感謝他們的指導。

經歷了兩年山上搜索的磨練後，這次的機會偶然出現，於是毅然決定參與其中，這次的偶然決定，成為了今天各位眼前的自立民間搜索隊，一支以迅速、適時反應為定位的搜索隊伍。

Addison
VMST 創辦人

序四

搜索他人的過程，也是尋找自我的路途。

回想最初加入 VMST，不過年多前的時間，卻似是已經經歷很多年。最初加入並不為拯救生命，更並非想回饋社會，只是單純的覺得搜索隊很有型。加入後第一場參與的搜索是盧吉道的一宗自尋短見案件，匆匆的開始了，又匆匆的結案，感覺大概像參加鴨仔團那樣。

搜索行動做多了，也有氣餒的時候，當然會遇到不少家屬和街坊的感謝，但總是有些時候義工們比家屬更着緊——家屬一會稱要和朋友聚餐，一會又推搪自己在忙，誰的電話也愛理不理。我也曾經在回程的車廂內抱怨着再也不出隊了，可一有新消息又是第一時間整裝出發。

到底我們隊伍是因為甚麼而存在？是因為得到家屬感謝？是因為得到社會關注？並不是，只是因為隊內的各位都為當事人的生命着緊。想通了這個問題，行動起來便加倍輕鬆。

後來又會慢慢想到，到底我為甚麼加入，又為甚麼留在這個隊伍呢？想着想着，結果又會拋開這些思緒，從最初只會一股腦兒跟大家一起登山搜索，到現在和各位一起研究不同的創新科技方案。

至於到底自我是甚麼，我到今天依然沒法給出答案，也許搜索的重點從來不在於結果，主宰結果的，從來都是搜索時走的路。

Enrico
VMST 創辦人

序五

大家好，我是 VMST 其中一位領隊 Iris。自二〇一五年起我便有經常行山的習慣，同時亦會特別留意不同的行山資訊。

多年來行山意外或失蹤時有發生，當中二〇二一年四月飛鵝山鄧小姐（化名）事件的確轟動全港，令我開始想以自己的行山技能及認知能力去幫助有需要的人，盡點綿力回饋社會，可惜貿然參與只怕會成為救援人員的負累，故此不知從何入手。

直至二〇二一年底經一位山友介紹，認識了 VMST 這個有熱誠及意義的組織，我立刻義無反顧報名加入，很快更被委派為領隊，帶領其他隊員上山搜索。近期更有幸參與內部行政工作，協助 VMST 向前邁進，推廣行山安全意識，減少失蹤或意外的數目，希望能夠真正做到回饋社會的理念。

Iris
VMST 領隊

序六

做義工當然想幫人，正所謂「施比受更為有福」，當自己幫到人，就會覺得好開心，而這種開心是用錢買不到的。

我加入的時候是 VMST 第一次出 post 公開招募義工，當時我膽粗粗自薦加入。因為自己很喜歡行山，而且參與很多運動，經常接受高強度訓練，我想我的體能或許能勝任這份工作。既然如此，就不要浪費，去幫人吧！

其中一次出隊前的經歷頗難忘，還記得當時已是晚上十時多，我正乘巴士準備回家，突然收到緊急召喚。在此之前，我才剛踢畢九十分鐘的足球聯賽。衡量過後我決定幫忙，所以便快速回家執拾裝備，凌晨出動。

加入搜索隊後，令我學習到跟平時做義工的紀律要求大有不同，既要有高度服從性，也要有體能要求，甚至在某些搜索過程中需要專業技能。

我在這裏已服務超過一年，發現失蹤案件幾乎每日都發生。雖然未必能在每次搜索中都能找到當事人，但跟目標的距離，一次比一次近。曾經有幾次的搜索路線跟失蹤人士相距只有二十至五十米。正因為這樣，令我深信，即使義工是業餘，但也可以逐步邁向專業。

Ah Lam
VMST 隊員

目錄

第二章 搜索事件簿

附錄 注意上山安全——應做和必不可做

前言

VMST 成立始末

「貳零貳壹零肆貳貳」的契機

二〇二一年四月十六日下午二時
義工在山坡上發現失蹤者一頂漁夫帽

二〇二一年四月十六日下午四時
義工在山崖底發現失蹤者一隻行山鞋

二〇二一年四月十六日下午六時
義工在另一個山崖底下發現失蹤者另一隻行山鞋，兩者相距約五十米

二〇二一年四月十六日晚上八時
有關失蹤者物品得到家人確認並發佈到社交媒體

二〇二一年四月十八日上午八時
義工在山下集合

二〇二一年四月十八日上午十時

有義工為搜索隊帶來補給物資，包括乾糧和食水

二〇二一年四月十八日上午十一時

山下設立和山上義工聯絡的通訊站並加設補給點

二〇二一年四月十八日中午十二時

義工準備完成，開始上山進行大規模搜索

二〇二一年四月十八日下午一時

搜索進入膠着狀態，沒有任何更新發現

二〇二一年四月十八日下午三時

政府部門到場進行搜索

二〇二一年四月十八日下午四時

失蹤者遺體被發現在山崖狹縫間，後由飛行服務隊吊走。

二〇二一年間行山意外個案共錄得九百五十宗，而當中只有極少數獲得大眾關注。義務搜索隊的成立目的，是為失蹤者及其家屬在黑暗中燃起一絲希望。我們相信每一位在山上待救人士，都值得被重視和關切。

第一章

搜索前後

搜索行動是怎樣開始的？

隊員須持甚麼資格及裝備？

搜索後要怎樣調整心態？

1.1 登山隊員資格及裝備

我們是搵人，不是搵命搏。

一・VMST 架構

1 管理團隊

負責一切隊務、行政及管理工作，包括聯絡家屬、社交媒體宣傳、為合資格隊員提供資助、決定是否出動搜索等。

2 搜索領隊

於搜索行動中擔任領導角色，共四位，負責帶隊、分析、制定搜索路線及出發前作裝備檢查等，確保隊員安全，以及順利進行搜索。

3 搜索組

搜索行動的前線隊員，包括地面徒步搜索人員、地圖手、無線電操作員，以及無人機搜索人員。

4 後勤組

於行動中負責通訊及支援，包括利用無線電與其他隊員溝通、協助物資和人員運輸，確保搜索行動流暢進行。

二・隊員資格

現時活躍義工約有七十位，每次行動約有二十至三十位義工參與。

所有隊員都需要接受基礎體能測試：

1. **耐力測試：**十四分三十秒內完成二千四百米跑步，男女隊員標準一樣；
2. **負重測試：**手提五公斤物件，完成五百米路程；
3. **登山測試：**六十分鐘內完成指定行山路線：由金山郊野公園行至筆架山山頂。
4. **觀察期：**新加入隊員要經過三次任務，才能成為正式隊員。
5. **健康申報：**必須如實申報。

三・登山裝備

隊員手冊中羅列的登山裝備清單如下：

1 白色頭盔

置身於褐綠色山野之間，白色成為高對比度顏色，而且反光。若隊員不幸滑落山坡，亦能被同行隊員輕易發現。

2 快乾隊衣

■男女隊員接受一樣標準的體能測試。

必須穿着透氣的運動物料衣服，不應穿着純棉T恤登山。因為棉質不利排汗，若天氣高於攝氏三十五度，很大機會造成中暑和熱衰竭。

3 手套

手套必須配備魔術貼帶，以防行動期間因意外滑倒或在攀爬時輕易鬆脱；同時避免雙手被攀藤植物和樹枝刺傷。

4 長褲

穿短褲不可以上山。

5 行山鞋

不可以穿着運動鞋上山，原因有三：

i 過於柔軟，對雙腳沒有保護力；

ii 不防滑，行經積水與青苔處，或造成滑倒；

iii 無法抓緊地面。

6 電筒或頭燈

經常在晚間進行搜索行動，而且搜索路線較一般山徑特殊，故必須帶備電筒，確保安全。

■ 登山裝備缺一不可。

7 哨子

哨子在行動中有三個作用：

i 顯示自己的所在位置。在山中，未必能夠看見對面小隊的位置，即使使用手機 GPS 或燈光都未必能夠掌握鄰隊與自己的距離；

ii 若隊員發生意外，能夠吹哨子求救；

iii 哨子聲穿透力強，希望失蹤者聽到哨子聲後，作出呼救。

8 雨具和雨褸

雨褸除了遮雨，還能擋風。

9 個人急救包

行動時少不免擦傷，配備急救包除了可為自己急救，亦能幫助隊員進行簡單包紮和傷口護理。

10 保暖或後備衣物

晝夜溫差可以很大，隊員有機會從入黑行至天光。

11 飲用水（兩公升以上）

出發前會檢查每位隊員是否帶備足夠食水。同時會視乎路程，增減水量要求。

12 乾糧

帶備一份乾糧，除了供自己食用，亦可提供予失蹤者或其他狀態不佳的行山人士。

13 指南針

14 離線地圖

所有隊員的手機都已預先下載離線行山地圖應用程式「香港遠足路線」。

1.2 收到消息後的搜索時序

從接獲失蹤消息到出動搜索隊伍。

一・接獲失蹤消息

自立民間搜索隊（VMST）主要透過以下三個渠道，獲取最新的失蹤者（又稱 MP，Missing Persons）消息：

1 新聞報道

2 失蹤者親友通知

3 行山群組資訊

VMST 會定期巡查 Facebook、Telegram 和 Signal 等社交媒體或通訊軟件的行山群組，以盡快獲得失蹤者資訊。很多時候，失蹤者家屬和朋友在報警之前，會先嘗試在網上尋人。

二・聯絡失蹤者家屬

主動聯繫失蹤者家屬或朋友，詢問失蹤者資料。索取的資料包括：

1 姓名

2 性別

3 外貌特徵（如身高、體重和索取相片）

4 失蹤時衣着

5 失蹤地點

了解失蹤者有沒有向親友透露當日的行山路線，以掌握失蹤者最後出現的位置資訊。

6 行山習慣

詢問失蹤者的行山經驗和習慣，例如是否喜歡挑戰高難度的「打卡」行山景點，或特別喜愛「爆林」開闢新路徑，又或是鍾情不扣繩索攀岩等等。透過推測失蹤者的可能失蹤原因，來擬定搜索路線。

7 心理、財務、健康、感情等特殊狀況

了解失蹤者有沒有自殺意圖。尋找輕生者與意外遇險者的搜索方式不同，搜索輕生者會針對隱蔽地方；搜索意外失足者則會多加留意斜坡與崖邊；而尋找中暑、熱衰竭者則特別注意林蔭底下與草叢之間。

三・評估是否出隊

大部分個案都會出隊搜索。除了以下三個情況：

1 失蹤者家屬表明拒絕進行搜索；

2 失蹤者資料不足，包括無法得知失蹤者姓名、性別、大概失蹤地點；

3 搜索人手不足。

四・通知領隊

1 決定出隊後，通知四位搜索隊領隊，由領隊通知隊員，詢問有多少隊員可以參與行動。

2 每支搜索隊伍最少四人，意味最少有四名隊員參與，才會出隊進行搜索。

3 領隊與隊員需按指引帶備個人裝備（詳見1.1章）。

五・出動無人機

VMST會在正式出隊之前，以及爭取於日落之前，先出動無人機，在上空掃描一次山野。無人機作用有三：

1 事前了解整條搜索路線的山勢、植被情況，以及隊員需要攀升的高度等；

2 先行搜索一些較危險、隊員無法輕易到達的地方，例如懸崖與斜坡下方；

3 利用熱成像感應器，探測失蹤者熱能。

■無人機在搜索行動中能發揮極大作用。

六・出隊

1 獲得失蹤消息後，最快在四小時內出隊搜索。

2 VMST 經常在晚間出動，因為很多時候在晚上接獲失蹤者消息——失蹤者原本答應回家吃晚飯，卻突然失去蹤影。

3 求助者或因為驚慌與時間倉促，而無法向警方提供足夠和準確的失蹤者資訊，令失蹤個案未被即時受理。VMST 此時就能充當彌補角色，先進行民間搜索。同時，後勤隊員會協助求助者盡可能找出有用的失蹤者資訊，以助警方盡早受理失蹤個案。

1.3 搜索行動 SOP

VMST 制定了一份搜索行動 SOP（標準作業程序，Standard Operation Procedure），統一隊員的基本行動次序、應對方法、報告方式等，務求簡潔、減少溝通問題，使行動更為迅速有效。

一・收到通知出隊後

1 按照裝備表執拾裝備（見1.1章）

2 持續更新失蹤者資料

二・到場後

在控制中心集合——每次進行搜索，VMST都會在山上平坦處設立控制中心，以統籌搜索行動。

1 裝備檢查

2 核對失蹤者資料

3 確認路線

4 聽取小隊隊長的行動簡報

三・行動中

1 發現支路時

⬇評估是否派出支隊

■圖為義工訓練。

□ **有足夠人手**⬇派員搜索不多於五米目視範圍⬇以無線電通報控制中心（報告支隊人員身份、預計需時、請求協助計時、上載支路路線）⬇開啟軌道記錄儀

□ **沒足夠人手**（至少一位地圖手和一位無線電操作員）⬇不派員搜索⬇記錄支路⬇繼續主要路線搜索

2 前進遇上困難時

⬇評估更改路徑的可能性

□ **可行**⬇上載路徑⬇通報控制中心（報告更改路線、預計需時）

□ **不可行**⬇原路折返

3 擬使用繩索時

⬇使用步驟

i 確認隊內有沒有足夠隊員有使用繩索資格

ii 檢查現場是否適合設置繩索

iii 通報控制中心（原因、操作繩索人員身份、監督人員身份）

iv 等候確認

■ 義工需要接受使用繩索訓練。

v 根據 URR 繩索系統設置繩索

vi 根據監督指令進行靜力安全測試（口頭指令：Tension Check）

vii 使用繩索（下降的隊員要以標準手勢和口號指示操作繩索人員）

—開始移動（口頭指令：Climbing）

—上升：前臂和後臂呈直角並舉向上方，伸出食指並向逆時針轉動前臂

—下降：前臂和後臂呈直角並舉向前方，平伸五指上下扇動

—停止移動（口頭指令：Tension）

viii 向控制中心通報繩索使用結束

4 有隊員受傷時

⬇評估是否需要緊急服務

□ **需要**⬇撥打 999 求助⬇通報控制中心（受傷人員身份、初步傷勢評估、危急程度及醫療需要、隊伍目前位置、替代其崗位的人員身份、如有需要可請求協助代為撥打 999）

■在山野中實習。

☐ **不需要**⬇由有急救資格人員進行初步傷勢處理

⬇**評估撤離需要**

☐ **需要**⬇安排撤離部分人員或全小隊⬇優先考慮原路折返⬇通報控制中心（撤離人員身份、撤離路線、預計需時、上載撤離路線）

☐ **不需要**⬇繼續搜索主要路線

5 懷疑天氣即將改變時

根據現場觀察通報控制中心，並請求天氣報告

6 發現疑似失蹤者物品時

拍攝並上載物品照片⬇上載物品位置⬇通報控制中心（描述物品外觀，如顏色、大小、品牌、數量）

⬇等候確認

7 被要求進行狀態報告時

通報資訊（小隊及前進路線、前進難度、預計完成時間）

8 需要支援時

向控制中心請求支援（原因、位置）⬇等候確認

9 接到支援請求時

⬇**判斷派出支援的可行性**

☐ **可行**⬇計劃前往支援的路徑⬇通報控制中心（路線、預計需時）

□不可行⬇通報控制中心（原因）

10 發現失蹤者時

通報控制中心（位置、失蹤者情況）⬇等候行動安排

四・落山後

1 上載搜索軌跡記錄

2 上載支路軌跡記錄

3 停止實時定位

1.4 搜索 Do's and Don'ts

搜索時要怎樣調整心態？
太有存在感是禁忌？

Do's

1. 確保積極、正面和樂觀心態，但同時不要對搜索行動抱着過高期望。
2. 要以排除區域為首要目標。搜索是排除法，能夠確保某一區沒有失蹤者就是代表行動成功。
3. 搜索過程中，隊員間要和睦合作，避免爭執。

Don'ts

1 惡劣天氣不出動

狂風暴雨、懸掛三號強風訊號或以上、天文台預測九十分鐘內天氣轉差，都不會進行搜索。**因為搜索不是和天鬥，只是和時間鬥快**。

2 人手不足不出動

只有一個人絕對不出動，除了因為危險，亦因為獨自搜索的質素甚低，既無法確保該位置被徹底搜索，亦無法好好記錄行動，老實說是白白浪費體能。因此，我們呼籲各位好好回家睡一覺，養足精神留待翌日和隊員們合力搜索！

3 不做危險事情

我們不會游繩下降至懸崖搜索，亦不會行走危險的石澗與路段。

4 不要妨礙正規部隊工作

盡量避開消防、警察、民安、飛行服務隊出動的時間和路線，以不妨礙正規人員工作為前提進行搜索。

5 不作出不尊重家屬行為

搜索行動中不可以嬉鬧。即使感到疲累，亦應避免抱怨。

6 不做宗教儀式

為免牽動家屬情緒，我們不應在搜索期間進行任何宗教儀式，包括禁止在山上焚香、問神明等等。

7 切忌太有存在感

為免打擾附近民居或住在村落的市民，切勿於晚間在山上大聲呼叫「陳大文你去咗邊啊？」

8 不要留下大型標記

知悉有部分民間人士會利用熒光棒掛在樹上表示已經搜索這區域，這無疑是對山野造成負擔。我們堅守山野不留痕，如非必要不會留下任何標記。

1.5 團隊第一格言

我們是業餘，但是專業的。

VMST 的第一格言是「我們是業餘，但是專業的。」這句說話並不是我們自行創作，而是在成立之初，資深友隊「國際救援訓練公司」替我們進行義務培訓時，對我們團隊的描述，同時是建議我們的方向。

無錯，我們是業餘的，因為我們每一位義工都各有正職，只能利用工餘時間上山搜索。但我們絕非隨意行事，而是堅守專業態度，認真做好每一次搜索。我們深信專業是一種堅持，亦是一種經驗的累積。透過堅持不懈、不斷做好一件事，經歷成功、挫折、思考和改進，最終慢慢蛻變成長。沒有人一開始就是專業，但唯有藉着堅持，才有可能成為專業。（儘管對方跟我們說了一句很詼諧的諺語，就是「經驗告訴我，經驗是不可靠的」:D）

為何堅持？

老實說，VMST 超過九成出動的個案最終都以悲劇收場——失蹤者被發現時已經離世。那為甚麼我們仍然堅持進行搜索？因為我們有着一個信念，就是「明知不可為而為之」，寧願行動後無悔，總好過將來後悔。

我們覺得這是我們應該去做的事情，這是一種責任。即使我們明知事件不會有好結果，都要去做。因為，**不是看到希望才去堅持，而是堅持了才看得到希望**。

而且，我們很想向家屬傳達一個訊息，除了你之外，社會上還有人關心和緊張你不知所蹤的親人，這是一份心意。

因此，哪怕失蹤者是不幸遇上意外或是存心避世或自殺，我們都會出隊搜尋。因為，既然不好的事情已經發生，傷害已經出現，但我們仍可以盡力將傷害減至最低。除了盡快找到失蹤者位置，令失蹤者或屍體不至於在山上被風吹雨打或曝曬蠶食。就算無法尋回失縱者，都可以陪伴家屬一同度過最驚慌失措的時刻，成為家屬心靈的一點安慰和支持。

當然，我們最希望每一位失蹤者都能夠平平安安回家，但這一份工作更大的意義和更重要的存在目的在於給家屬解開心結，至少有一個結果。

■ VMST 每次都是抱着「堅持才看到希望」的信念搜索失蹤者。

1.6 搜索的心態調整

在搜索過程中承受的心理負擔非筆墨能形容，唯有透過紓壓活動才能平伏身心。

誰人可以習慣死亡？

所以我們每一次出隊都盡努力去提醒隊員，也提醒自己，我們已經幫到手，已經幫忙確認了失蹤者不在這個區域，這已經是一個進度。

每一位山野搜索隊員都承受着巨大的心理壓力。在 VMST 成立初期，很多義工在上山之前都打氣說：「我們一定找到的！」但最後幾乎每次都只是找到屍體，這是一個難聽而殘酷的事實。在多次行動之後，隊員們都感到失落。

巨大的心理負擔

還記得有一次，很多義工、街坊一起在青衣區出動，尋找一位伯伯。好多人都自覺自己在青衣長大，不可能找不到伯伯，但最後結果很悲傷——伯伯留在原地等待救援，結果等到死了。

好多人在那一夜失眠。

不只是上山搜索的前線人員受到情緒困擾，事後不少後勤支援人員，包括在過程中幫忙張羅物資、資料搜集、貼街招的，以至只是追看文字消息的市民，都紛紛在公海群組表示，無法接受這個事實。其後，不少人慢慢淡出山野搜索群組。

我們明白這種心情是複雜和難受的，雖然很想幫忙，卻又因心理壓力而幫不上忙。下一次再聽見有人失蹤，他們將再度墮入很想幫忙卻無能為力的矛盾掙扎。

最緊要平安落山

因此，搜索隊在每一次上山之前，我們都會提醒大家，要記着今天的任務不是一定要找到失蹤者，搜索是排除法。而即使今天甚麼都找不到，我們的進度就是排除了這一區，那麼我們就可以去下一個地方繼續搜索。而**每一個人平安下山就是今天的成就**。

這是一種期望管理，亦同時希望幫助義工們慢慢調整心態。

紓壓活動

我們亦不時舉辦一些搜索行動以外的交流活動，例如純行山的 Fun Day、行山攝影班、繩索訓練、兩日一夜訓練營等，以提升士氣，同時傳達一個訊息：我們不是次次上山都是尋找死人。不希望大家因為頻繁上山搜索，而懼怕行山。

我們都明白單靠 VMST 管理團隊的努力，絕對無法排解所有隊員心中的鬱悶哀傷。因為每一個人都是不同的個體，很多時候都要靠隊員自己消化、理解、思考，並重拾魄力。

在這短短一年半間，我們能夠看見每一位成員，以至自己的成長。有不少人都慢慢找出自己的解憂方法，例如有個別隊員選擇在一宗個案結束之後，刪除自己手機內的所有搜索資料和相片，冀徹底放下事件，專注過好自己的生活。

謝謝每一位曾經參與搜索的人，祝願大家都有一顆堅定而強大的心臟。

兩日一夜訓練營可寓學習於娛樂，讓大家放鬆心情。

1.7 搜索方法

搜索的重點是排除法，
能收窄範圍已是一個進展。

搜索的本質不是要找到那個人，而是要確認他不在這裏，是排除法。

置身於山野之中，人類太渺小。人與山的比例，猶如要在一個房間之中，尋找一顆塵埃。因此我們相信搜索**不是人海戰術，而是一場訊息戰**。唯一有效的方法，是有系統地、仔細記錄每一次搜索，令每一次出動都有價值。

所以，**搜索重視的是質，不是量**。不是一場競賽，不是要比拼「一日內行勻整個青衣」。而是要確定我們走過的地方，都沒有失蹤者。

做好每一個部分，然後放下。

大家向着同一個目標進發。

一・擬訂路線方法

最重要是了解這個人的本質，到底他是因為甚麼事情上山，又因為甚麼事情而失蹤。

1 從行山徑上山，再按失蹤者習慣調整⬇最簡單直接！

一般而言，搜索隊伍會先根據山形，從正常的行山徑上山。接着會按照親友提供的失蹤者行山習慣調整路線，包括行山經驗、會否喜歡打卡和挑戰高難度動作等，來推論失蹤者可能失蹤的位置。如果平日有行山習慣，失蹤原因或許是因為意外失足。若本身甚少行山，失蹤可能因為準備不足，出現中暑，並暈倒在樹下。

搜索隊出動時最少四人一隊，若只有一支隊伍出動就先搜索一些難度最低、失蹤可能性較低的路線，包括行山徑、維修棧道、山腳等，確保失蹤者不在這些範圍。

2 迂迴路線⬇針對自殺人士

若懷疑失蹤者是自尋短見，搜索隊的路線會較為迂迴，包括留意空置小屋和樹頂會不會有人上吊，搜索擋土牆後面等一般行山人士不會行經的地方。

3 向下行⬇針對老人家

據過往搜索發現，患有認知障礙的老人家，由於沒有清楚意識，失蹤時多數不會向上行，而是以自己最舒服的方式向下行，但留意他們可以徒步行走多達三、四公里。

4 碰運氣⬇失蹤多日後

當以上方法皆無法尋回失蹤者，而失蹤日數已經超過四日，失蹤者的生還機會已極微時，搜索路線安排將會比較「瘋狂」：包括畫下所有路線，以兩人一隊，每隊負責一個分叉口，你轉左我轉右，沿着最後一次見到失蹤者的位置開始重新搜索，這已是碰運氣的成份居多了。

二・搜索隊形

不同地形會使用不同搜索隊形。

1 行山徑⬇排成直線

因為搜索隊由下而上登山，因此要搜索的範圍只是山徑的左和右，每一位隊員獲分配細看一個方向。此外，由於很多意外都是失足墮下山坡，因此亦會安排一位隊員專責向後望。

每個小隊四至五人，包括一位在隊頭開路的爆林手、一位地圖手、一位持對講機的隊員。

2 平地⬇一字排開

如果是山頭被燒禿，或是空地範圍，隊伍就會一字排開，每人之間區隔兩至三米。

三・搜索技巧

普通行山人士花一小時完成的路，我們至少花兩

搜索隊形依地形而異。

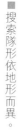

小時或以上時間進行地毯式搜索。論人多，絕對不是我們，而是消防等正規隊伍。因此我們可以做的事情是不放過任何一個路口，確保這一個區域真的沒有失蹤者。

1 聞

尿味。十多年前一宗失蹤個案，友隊 CVST 就是透過嗅到尿味，發現失蹤者（Missing Person，簡稱 MP）墜落於對開五十米斜坡下方，原來他前一天在這個位置小解後發生意外滑落山坡。

屍臭味。若嗅到腐爛氣味要馬上通報控制中心，報告氣味的位置和風向。由於屍臭味道的濃烈程度隨時間轉變，因此要把握時機。通常人體在死亡後第七天的屍臭味道最濃烈，但隨着屍體變乾，氣味亦會逐步減弱。而天氣和環境因素亦會左右氣味擴散，例如在下雨或吹逆風時，人們即使站在 MP 附近，亦可能嗅不到任何氣味。

2 看

失蹤者物件。發現懷疑失蹤者物件，例如衫、錶、鎖匙等，搜索隊會馬上拍照和報告位置，並請控制中心向家屬確認是否失蹤者物品。

草的壓痕。如果是密不透風的密林地帶，意味近期沒有人行經，搜索隊伍將不會內進。但如果地上突然出現有人行過的路阨、曾被踐踏的草木，則會派出支隊內進搜索八至十米。

特別留意**絲帶路**。絲帶路通常是密林路，行山人士沿路繫上絲帶，以記錄自己成功爆林的路線。但絲帶路往往是出事熱點，因為有人成功行過，並不代表MP亦能成功。加上天氣好的話，一條絲帶可以經歷數月至一年都未見發霉或顏色轉淡，很容易被誤以為是最近才繫上，但這些路線很可能已長滿雜草，再也無法通行。

附註 外國搜索隊可以做到追蹤（tracking）失蹤者痕跡，例如按照鞋印長度計算出行走者身高，亦能根據鞋印得知他曾經進行的活動。但這種搜索方式只局限於人煙稀少的外國山野，香港每個山頭都幾乎日日有人行走，無法採用這種做法。

搜索到何時？

我們做完可以做的事，搜索就會停止。

1.8 解散？堅持？

過程中難免有氣餒的時候，
選擇留守當然比離開難，
但得到各方認同，一切都值得。

有一位義工説，曾經想過退出VMST。因為在二〇二一年夏天，曾經在一星期內發生四宗失蹤個案。當時大家都因為搜索行動而疲於奔命，但卻又由於個案重疊且人手不足，導致搜索行動質素低落。最後，四宗個案都以發現屍體落幕。大家因此感到相當氣餒，同時反思到底我們應該堅持？還是應該解散？

加上，團隊隊員間難免會有意見不合、爭執不和的時候，進一步加深了彼此的無力感。

而最終選擇堅持的理由是，看見大家在過程中都有成長，慢慢地大家都變得越來越專業，令人捨不得放棄，並希望一起努力下去。

以及，失蹤者家屬的答謝，亦成為我們堅持下去的動力。

家屬答謝使行動顯得更有意義

其中一次深刻個案是在黃龍坑失蹤的一位外籍人士（詳見

■隊員間的互相扶持也是重要一環。

Case 4），由於失蹤者沒有家屬在香港，而且最初沒有足夠資料證實他失蹤，以致正規部門無法立刻立案搜尋失蹤者。而因為我們及時介入，協助失蹤者朋友和家屬找到有用的資訊，成功促使飛行服務隊在深夜出動搜索，最終在斜坡找到失蹤者遺體。因着我們所做的事，令失蹤者家屬得到一個答案，不用心中記掛着有個家人在香港不見了。

其後，身處外地的失蹤者姐姐特意傳訊息向我們道謝，說非常感恩有我們的幫助，希望我們繼續從事這份有意義的工作。

這個就是我們看到的價值所在，不是金錢的價值，而是生命的意義。

香港地一向都是結果論的地方，有錢就代表成功，但我們都相信，很多事情都是金錢無法衡量的，社會上還有好多價值是應當被守護的。

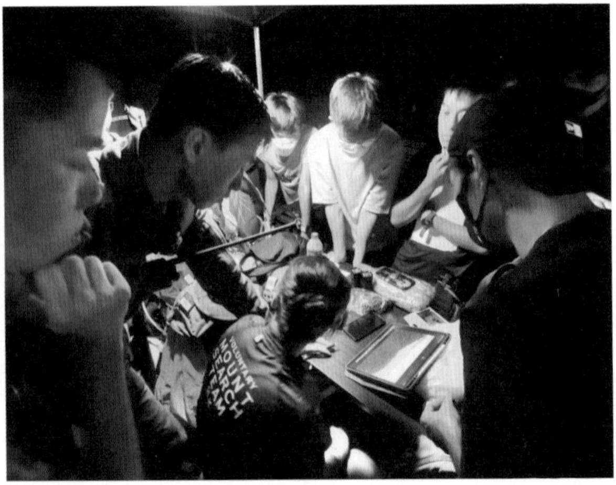

■得到其他人的肯定是搜索隊的動力來源。

喜出望外的各方認同

此外，在成立之初，我們很擔心會妨礙到消防、警方的搜索工作進度，但漸漸地我們發現他們並不覺得我們是障礙。甚至有正規人員直接向我們説多謝，有時更會告知我們一些有用資訊。

我們好開心，因為感受到肯定。

而且我們常常在社交媒體上收到訊息，好多人表示想加入團隊成為義工。儘管沒有薪金，工作又辛苦，大家的踴躍程度仍然是超乎想像，令我們大受感動。加上，作為非牟利組織，搜索行動開支一直都是由義工自願付出，但漸漸地有一些商家主動聯絡我們商討合作。雖然箇中存在商業利益，但亦代表着他們對我們工作的一份肯定和認同。

這一次出版社邀請我們出書，也令我們受寵若驚。當預想到有讀者願意花費數十元去購買本書，即對我們的搜索工作有着一份好奇和尊重，足以令我們雀躍不已。

這些價值都是無價的。而在開始搜索行動之前，更是從沒想像過。

第二章

搜索事件

9 宗失蹤案件，
9 次不同的體驗，
成就更多的歷練，
汲取更多的教訓。

Case 1

飛鵝山失蹤事件

搜索隊成立契機

失蹤日期——二〇二一年四月十五日

失蹤地點——九龍飛鵝山

失蹤時序——四月十六日 (Day 2) 家屬報警
四月十六日 (Day 2) 市民自發上山搜索
四月十八日 (Day 4) 紀律部隊尋獲失蹤者遺體

如果不是市民自發找尋鄧小姐*，並在山上找到她的行山鞋，恐怕紀律部隊不會投放那麼多人力上山搜索。於是，群組有人說——民間搜索好像幫到忙嗎！

*所有事件中的失蹤者均以化名代替。

一位廿四歲少女失蹤了，事件引起公眾廣泛關注。

我（VMST 創辦人 Ricky）當時亦在一個尋找失蹤者的 TG 群組內，不斷收到最新資訊和傳聞。事發經過如下：四月十五日，鄧小姐在離家之後不知所蹤，她曾向家人表示當晚不會回家吃晚飯，其後失去聯絡；家人發現她的行山鞋、風褸、背囊亦不見了，懷疑她行山後失蹤，遂報警求助。

我還記得最初大家都不以為然，因為那段時間有太多失蹤事件被媒體渲染，而且亦無法掌握鄧小姐的失蹤位置。直至後來，有消息傳出位於獅子山下方一座工廠大廈天台的發射塔曾經接收到鄧小姐的手機訊號，警方因而開始在新蒲崗市區進行搜索。突然，又有消息指鄧小姐曾經在網上觀看飛鵝山自殺崖的行山片段……

隨着失蹤地點越來越確定，大家紛紛開始行動，越來越多人自發前往飛鵝山尋找鄧小姐。

■很多市民自發登上飛鵝山尋找鄧小姐；圖中遠眺飛鵝山見到一串串的燈光，正是來自搜索人士的強力電筒。

市民自發登山搜索

十六至十七日這兩天，好些自發搜索的市民都往飛鵝山一號集合，高峰期有數十名市民參與，大家圍在一起討論路線和資訊。雖然沒有「大台」組織，但大家各自都帶備了有用的器材，並擔當起不同的角色和崗位：當時每四至五位市民組成一組，輪流上山搜索。上山前，大家都有默契地先互相「對頻」，確認對講機頻道正確；在山上，當發現疑似失蹤者物件時，即馬上和地面通訊員聯絡，由通訊員和家屬溝通，確認物件是否屬於失蹤者。

■部分自發搜索人士操縱無人機，以航拍方法輔助搜尋。

期間，我主要負責駕車運送物資，以及接載一些自願參與搜索的市民上山。我的崗位也包括在每個行山棧道的路口處擺放飲用水和乾糧，作為登山搜索的市民的補給物資。

關鍵！發現漁夫帽和行山鞋

轉捩點出現於四月十六日下午，有行山人士在飛鵝山鵝肚棧道發現一頂漁夫帽，及後由家屬確認是鄧小姐的物件。但由於當時正值回南天，飛鵝山山頭吹着清勁強風，加上漁夫帽輕飄飄，大家無法確定帽子是被風吹至飛鵝山抑或鄧小姐就是身處山中。

直至數小時後，有自發登山搜索的市民在棧道附近再覓得鄧小姐的一隻行山鞋，及後再有人發現另一隻行山鞋。從散落各處的失蹤者物件可以肯定，鄧小姐就在飛鵝山。

消防警察陸空搜索

接到消息後，大批消防、警察、民安隊、飛行服務隊出動，在現場進行陸空搜索，同時封山，呼籲所有行山人士下山，以免影響搜救進度。因為該處原本是崎嶇山路，但連日來被大批協助搜索的市民行經，留下了新路胚（被人行過的草地會留有凹陷），同時令原有路胚被夷平，或令搜索變得更困難。

最終，經過連日搜索之後，在四月十八日下午約四時，消防及民安隊在飛鵝山自殺崖一處險峻山崖縫隙尋獲失蹤者遺體，約兩小時後由直升機吊走。

■紀律部隊出動，上山搜尋失蹤者。

轟動全城

當時事件受到公眾廣泛關注。自發搜索的 TG 群組有近三百人參與、家屬開設的尋找失蹤者 Facebook 群組更有多達六千人加入。除了有大批市民義務上山和在市區搜索之外，消防和警方更曾經召開聯合記者會交代搜索行動，電視台在當時亦一直播放着搜救行動的新聞畫面。

現在回想，其實無從掌握何以當時一位行山人士的失蹤事件會引起如此巨大的關注和迴響，我想其中一個重要原因是由於失蹤者相當年輕，大家都很希望她能夠平安無事。此外，尚有一部分原因是當時不斷湧現似是而非的更新消息，令事件更加耐人尋味。例如期間一度傳出鄧小姐是因為賭波欠債或感情問題而懷疑輕生，後來又有傳她是為了在自殺崖「打卡」而發生意外。孰真孰假，最終無從稽考。

B-LVE

■飛行服務隊參與搜索，圖中可見直升機低飛盤旋山頭。

■這圖是四月十八日飛行服務隊的搜索飛行路線，可見直升機不斷在山頭往返。

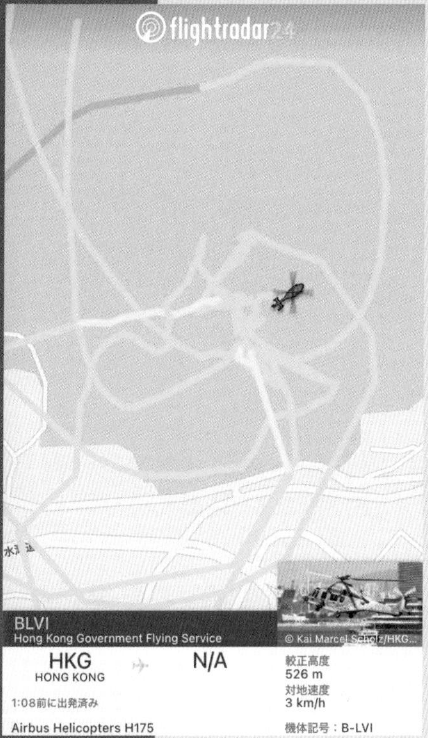

民間搜索的力量

不過，今次事件帶出了民間搜索的力量，有 TG 群組成員在事後提出組成一隊真正的民間搜索隊：「如果不是我們找到隻鞋，紀律部隊都不會上山找啦！」有意加入的成員於是另開 TG 群組深入討論，透過投票決定搜索隊名字、綱領、會徽。

在二〇二一年四月廿二日，VMST（Voluntary Mount Search Team，自立民間搜索隊）正式成立。會徽由飛鵝山山形、火炬、指南針和定位組成，象徵着團隊希望在山中為失蹤者引導方向。

■這次失蹤事件引來媒體廣泛報道。

提示

勿獨自行山

VMST 成立至今，進行過逾三十宗山野搜索，而全部個案都是獨自行山後失蹤的事件（包括今次書中刊載的九個個案）。這不是說獨自行山就是導致失蹤的原因，然而沒有同行者的話，一旦出事了就沒有任何人可以代為求救，也意味着沒有人知道你的確實位置。試想想，如果有朋友同行，而你不幸失足墮下斜坡，那麼這件事就不是失蹤個案，而是一宗行山意外，搜救規模相對就縮窄了。因此，在此謹呼籲各位提高警覺，避免獨自行山。

Case 2

紅花嶺離奇失蹤事件

案中有案

失蹤日期 二〇二一年十月十九日

失蹤地點 新界北紅花嶺

地面搜索次數 2次

失蹤時序
- 十月二十一日（Day 3）接獲家屬求助
- 十月二十二日（Day 4）進行地面搜索
- 十月二十四日（Day 6）聯同友隊進行搜索
- 多日後失蹤者在路上被警察截獲

找到一碗有餘溫的杯麵，但附近完全不見人影。

在經歷了風平浪靜的一個多月後，突然在二〇二一年秋季的半個月間，密集發生了四宗失蹤個案，第一宗就是這次的紅花嶺事件。紅花嶺地點偏遠，位於新界北邊陲，鄰近沙頭角邊境，我們當時出動了大量的人力和心力盡力搜索。任誰都無法料到，緊接着會接二連三出現其他山上失蹤事件，可是我們已經分身不暇。

十月二十二日【Call Out】

十月二十一日我們收到失蹤者太太的求助，指年約三十歲的丈夫在二十日起失蹤，事前曾表示到紅花嶺行山。翌日（二十二日）晚上十時半，我們七名隊員出動到紅花嶺進行搜索，一路上我們發現紅花嶺的山頭非常光禿，只有大量高不過腰的矮灌木林，若然有人昏迷倒地，只要利用無人機必定能夠探測到散發熱能的生命跡象。因此，一行人抵達紅花嶺山頂後，隨即放出無人機掃描整座山，並分成左右兩隊人手搜索兩邊山坡，但搜索至凌晨四時都沒有發現。

腎上腺飆升！發現人體？

下山時我們遇上友隊，他們建議我們前往與紅花嶺相連的蓮麻坑搜索，因為他們找到一張全新地毯，覺得失蹤者有可能在蓮麻坑附近的橫瀝石澗遇險。到達橫瀝，我們的無人機熱成像真的發現了一具躺臥地上的人體！大家情緒瞬間變得繃緊，但擾攘了一段時間後，發現原來那是一頭野豬，而非人類。

無結果有時可能是一個好結果，我們懷抱着這樣的心情暫時收隊。

耐人尋味！從不行山卻獨自露營？

十月二十三日晚上，我們收到消息指從 CCTV 畫面顯示，失蹤者在失蹤當日揹着七十公升容量背囊離家，而那是剛剛購入的新背囊，連整套行山衣物和行山鞋都是新買的。七十公升是相當大的容量，揹着時會高過頭頂，平常露營人士都只會帶備約四十公升的背囊。

據畫面顯示，背囊被塞得飽滿，卻並不沉重，而且未見有營帳。失蹤者太太知悉丈夫幾乎購買了「全副裝備」後，表示非常驚訝，因為丈夫從來沒有行山或露營的興趣。

十月二十四日【Prolong】

及後，警方翻查失蹤者八達通資料，發現他最後行蹤是乘坐巴士在上水蓮麻坑下車。基於此線索，我們在翌日（二十四日，Day 6）早上聯同友隊 CVST 進行聯合搜索。早上約十時大家在上水集合，我們派出六人，友隊則有約二十人出動，搜索隊員分別乘小巴或的士在蓮麻坑禁區前下車，再步行至蓮麻坑與紅花嶺交界。

■兩個民間搜索隊伍 VMST 和 CVST 聯手合作，組成超過二十人的隊伍出動。

奇怪！找到失蹤者雨傘、有餘溫的杯麵

這次聯合搜索，一路上有大量新發現。先是找到一件很新淨的外套和一個乾淨背囊，但由於兩者都非常簇新，因此家屬無法確定是否失蹤者新買的東西。而最離奇的是，當搜索隊伍抵達蓮麻坑葉定仕故居時，我們找到一把雨傘，經家屬確認是屬於失蹤者的！

我們馬上在現場進行地毯式搜索，並不斷呼喚失蹤者名字，卻不見人影。反而在現場發現一碗仍然留有餘溫的杯麵，所有隊員都深感困惑。從早上走至黃昏，雖然不斷有線索更新，但仍然是一無所獲，所有人只好帶着滿腹疑惑收隊離開。

隨後，有資深行山人士透露，傳聞在紅花嶺和蓮麻坑這帶有很多通往深圳的秘道，都是一條條十分狹小、以人手挖成的秘

■在現場進行地毯式搜索。

道，從前是作軍方用途的，現在則被指有不法之徒會利用這些秘道走私貨物云云。

意想不到的結局

這宗個案，最終竟是以一個令人意料不到的方式落幕。數日後，失蹤者在山路上被警方意外截獲，他的身體狀況正常：健康、清醒、乾淨、行動自如。而更不尋常的是，失蹤者被尋回後，第一時間並非送往醫院檢查，而是被帶返警署，警方採取的行動似乎間接印證失蹤者可能牽涉罪案。

後來我們還發現原來求助人並非失蹤者的太太，而是他的前妻。她表示自己當時是基於關心前夫而向外求助，同時還傳出失蹤者原來欠下巨債因而想辦法匿藏等消息。

雖然不斷有所發現，但失蹤者仍是遍尋不獲，大家只能滿腹疑惑的收隊離開。

得知這些消息後，我們只感到十分憤怒。因為我們在二十四日組成聯合搜索隊到蓮麻坑尋找這位失蹤者時，其實在前一日（二十三日）我們得知有行山人士在青山失蹤（見 Case 3），但我們已沒有任何多餘的人力可以出動找尋他。

正正是為了尋找這個因「私人原因」而「失蹤」的人，令我們錯失了尋找那個真正有需要被搜救的人。

我們既憤怒，也無奈，更甚者是可惜。同時這個案引發我們思考，是否應該堅持民間搜索？（關於是否堅持民間搜索，參見1.8章）

提示

每次搜索並不簡單

你可能會問，只不過是出隊搜索兩次，為何會令人身心俱疲，無暇應付其他案件？因為尋找一位失蹤者，並不只是花費地面搜索的幾個小時，還包括事前分析資料、討論路線、描畫地圖等工序。而且我們人手不多，加上所有成員都有正職在身，大家往往都是下班後馬上換上行裝通宵上山搜索。而且，很重要的一點是，今次的搜索地點位置偏遠，鄰近禁區，以致很多地方都要徒步上山，因而耗上大量的精神和氣力，以及往來的交通時間。

因此，在此奉勸各位，無論你是基於甚麼理由決定上山避世，請好好和親友交代，嘗試令身邊人心安。若然在期間遇上搜索人員前來搜救，希望你能夠現身報平安，勿消磨和浪費大家的善心和好意。

Case 3

失救致死的青山失蹤事件

不公平與不甘心

失蹤日期　二〇二一年十月二十三日
失蹤地點　屯門青山
地面搜索次數　0次
失蹤時序　十月二十四日 (Day 2) 得知失蹤消息
十月二十七日 (Day 5) 無人機搜索
十月二十八日 (Day 6) 再次進行無人機搜索
十月二十八日 (Day 6) 下午發現遺體

華哥痛了一晚才離開，我們特別憤怒的是，為甚麼你（紅花嶺失蹤者，見 Case 2）要這樣故意消失呢？為甚麼不讓我們早點去找華哥呢？

近年發生多宗行山失蹤事件，而並不是每一宗都能夠獲得同等注視。在上一宗紅花嶺失蹤案，我們和各支友隊都耗盡人力，以致這宗同時間發生的青山失蹤案，各隊都只能派出極少人手進行搜索。

這次我們是透過警方發放的尋人啟示得知消息。五十七歲男子華哥於十月二十三日離開屯門住所後失蹤，其家人於翌日（二十四日）向警方報案。華哥身高約1.78米，體重約七十公斤，中等身材，圓面型，黃皮膚及光頭。他最後露面時戴灰/杏色鴨舌帽、身穿黃色上衣、深色長褲及攜有一個紅色背囊。據網上消息指，失蹤者一直有行山習慣，家屬估計華哥於屯門菠蘿山或青山一帶行山，即是離屯門居所最近的山徑。

十月二十七日【Call Out】

我們當時未有失蹤者家屬的聯絡方法，但都決定在二十七日先派出無人機搜索。由於未能掌握失蹤位置是青山還是菠蘿山，因此我們前往菠蘿山一個沒有太多訊號干擾、地勢最高的地方，盡可能讓無人機飛遍最廣闊的範圍。第一日搜索沒任何發現，於凌晨四時收隊。

及後，遇到正要下山的友隊成員，他告知我們失蹤者手機的最後訊號出現在青山禪院上方一處山崖附近，這意味着我們第一日的無人機搜索是完全飛錯方向。但亦令我們決定在翌日（二十八日）再次出動無人機仔細搜索青山山崖，但亦無發現。

懷疑因拍照墮下山崖

同日，一位資深行山人士知道經常有人為了在青山南端一處山崖拍照而失足墮下斜坡，因此決定到那裏游繩而下進行搜索，結果真的發現了華哥，不幸地當時他已氣絕身亡。當日下午飛行服務隊利用直升機將華哥遺體運走。

事後發現，其實我們在第二次無人機搜索時，曾經飛對位置，更原來一度拍攝到失蹤者遺體，可惜當時未有察覺。縱然十分

■無人機在菠蘿山一帶進行搜索。

遺憾，但我們只能告訴自己：每一次搜索都是一次經驗的累積。

我們估計華哥當日是為了拍照而不慎失足，華哥遺體所在地點是一處接近九十度角的陡峭山崖，若不是中途被大樹卡着，將會直插山底。遺體的發現處並沒有太多血跡，反而是上方約一百米有一處凸出的岩石發現大片血跡……

墮崖後撐了一晚才離世

之後我們有出席華哥的喪禮，華哥女兒給我們看了驗屍報告，閱後更令我們感到無比傷痛。

驗屍報告顯示，華哥左邊身體全是紫紅瘀青，意味華哥在失足後未有即時死亡，而是慢慢流血整整一個晚上。他首先失足墮下約一百五十米山崖，導致左邊肋骨、手、腳全部折斷，到了翌日，他再下墜多約一百米山谷，跌斷右腳，最終因失血過多離世。

仔細想想，這是非常可怕和緩慢的死亡過程，一個人躺臥於寒冷無人的郊野之中，身負重傷，卻又深知自己快將離開人世——相信當時他的意識還是清醒的，儘管頭骨也跌至出現裂痕。

華哥的離開，留下了一直與他相依為命的二十四歲女兒。

這一次以後，我們不敢再出席當事人的喪禮，因為實在是太難過，亦無可避免地包含着自責。我們在華哥出事後的第四天才終於有人手出隊搜索，而在華哥失救的那一天，我們正正在蓮麻坑搜索着另一位失蹤者（見 Case 2），另一位因私人原因而故意匿藏的失蹤者。

如果，如果，如果我們可以在華哥出事的第二天就出隊搜索，有沒有可能及時搜尋到他，並將他送院？即使他未能生還，亦至少可以盡早尋回他的遺體，令他不至於有此孤單下場？我們不斷反覆地思考着種種可能性。即使死者已矣，但我們仍感到很不公平和不甘心。

在紅花嶺和青山失蹤案後，十月三十一日就發生了蒲台島失蹤事件，一位患病的三十一歲男子懷疑跳海自殺。在山崖上，找到他摺疊得整齊妥貼的衣服、太陽眼鏡、背囊，以及一部只買了兩星期的智能電話，他在事前甚至將銀行的三十萬元積蓄轉賬給女友，其後就不知所蹤。

短時間內，接二連三發生不幸事件，隊員們的心情難免沉重。

提示
日日行的後山也有機會出意外

今次的失蹤者華哥一直有行山習慣，而出事的地點亦是他很熟稔的行山路線。據了解，他平常都會與朋友結伴同行上山，但今次卻獨自上山，也許正正是因為太熟悉該段路徑，以致一時掉以輕心；因此希望警剔各位，即使是晴朗的天氣、每天都行經的山徑，一旦獨自行動時就要記得加倍小心，尤其避免到危險的地段位置打卡拍照，免生意外。

Case 4

黃龍坑失蹤事件

最快速尋人的一次

失蹤日期——二〇二一年十月三日

失蹤地點——大嶼山黃龍坑

地面搜索次數——0次

失蹤時序——十月五日 (Day 3) 接到求助，即晚到場視察

十月六日 (Day 4) 飛行服務隊找到失蹤者遺體

我們找到失蹤者的GPS位置，顯示他還在山上，得以令飛行服務隊趕緊連夜出動。

我們就像有經驗的家人

獲得充足而準確的失蹤者資料，能大大提升搜索行動的成功機會。但面對家人突然失蹤，任何人都會手足無措，往往難以既冷靜又有條理地交代有用資訊。不但不知道應該從何説起，亦不了解哪些資料足以令正規部隊出動搜索。

而我們就像一個有經驗的家人，從旁陪伴和指導求助者找出有用資訊。

曠工兩日，同事感不妥

十月五日（星期二）晚上，我們在社交媒體發現一宗失蹤者消息。帖文指，同事J先生已經有兩天沒上班、電話無人接聽、家裏無人應門。而同事們都知道J先生有行山習慣，懷疑他在週末行山時發生意外。

我們馬上聯絡該位J先生的同事，掌握到J先生是蘇格蘭人，持工作簽證來港，現獨居於港島西區唐樓，在香港並沒有直屬家屬。他有一群固定的行山夥伴，每個週末都會相約行山。但這一次J先生卻不知何故選擇獨自行山，此前他曾向家人表示將前往東涌黃龍坑黃龍石澗。黃龍坑地勢險峻，除了有陡峭的山崖峽壁外，還有石澗和瀑布，可以想像那裏遍佈濕滑的青苔和大石。

失蹤當日，J先生曾經傳訊息到行山夥伴群組表示自己現在起步，並附以一張東涌港鐵站地圖截圖，其後失去蹤影。失聯兩天後，同事報警。警察憑着這張東涌站截圖，曾經出動到東涌站和赤鱲角新村一帶進行搜索。但由於沒有證據顯示他真的有上山，因而未有上山搜索。同時，警察亦到J先生居所搜查，發現室內電燈和冷氣仍然開啟，在沒有更多線索下，決定暫時收隊。

關鍵！從 Google 帳戶發現手機 GPS 位置

其後，同事在社交平台發出尋人啟示。我們在十月五日晚上約九時多聯絡上這位同事，並要求他嘗試找尋 J 先生的位置線索，其中包括有沒有連接了 Google 帳戶或 Apple ID 的裝置。於是同事回到公司，成功登入 J 先生的電腦，發現 Google 帳戶連接着他的手機。

最後我們花了約二小時整合和分析所得資料，並利用 Google 帳戶的匯出功能（takeout function），成功下載到 J 先生電話的「位置記錄」——當日（十月五日），J 先生手機的最後訊號來自東涌薄刀屻附近衛星。

這意味着，J 先生在星期日失蹤，而星期二仍然身在山中。

在得到這個關鍵資訊後，同事馬上聯絡 J 先生家屬，家屬即時報警求助。

十月五日【Call Out】

同時，VMST 兩位成員駕車前往東涌薄刀屻附近先行探路，找尋可行的上山路線，當時已經是凌晨時分。當天天氣炎熱、無雲，我們花了約一個半小時找尋入口，但無結果；因為山腳底有多個被上鎖的地盤，而且地形險要，沿途都沒有行山徑。

約凌晨二時，飛行服務隊從我們的上空飛過。

在得知飛行服務隊已經出隊進行搜索之後，我們決定先行收隊，並打算翌日再安排人手進行搜索。

十月六日（星期三）傍晚，飛行服務隊在黃龍

■飛行服務隊正在進行搜索。

石澗的山崖處找到失蹤者遺體，並利用直升機將遺體移離。

遺體發現的地方和東涌站距離超過一公里。據知，最後也未能尋獲失蹤者的手機。

不幸中的大幸

從得知失蹤者消息，到找到失蹤者位置，中間相隔不足二十小時。這次亦是本隊成立以來，花了最短時間完成的個案。雖然不幸地，最終尋獲到的是失蹤者遺體，但我們都有一種如釋重負的感覺。

其實當時颱風「獅子山」已經開始影響香港天氣，在十月七日晚，即發現失蹤者遺體翌日，天文台已經發出黃色暴雨警告信號，隨後更改發黑色暴雨警告信號和懸掛八號風球。因此，我們慶幸在天氣轉趨惡劣之前能夠及時找到失蹤者位置，否則烈風加上暴雨，或令遺體被水沖走和導致急速腐爛。

儘管悲劇已經發生，但我們仍希望盡力令事件變得不要太壞。

事後，J先生的姐姐向我們傳來訊息致謝，並勉勵我們堅持下去。每次得到家屬的肯定和鼓勵，我們都感到十分鼓舞，亦成為我們繼續努力的動力！

提示

家人不見了，要提供甚麼資料？

最重要是找出家人的失蹤地點！這些地方可能會有線索：

1. 社交媒體相片；
2. 家人和朋友的對話；
3. 電腦或手提電話的 Google 或 Youtube 搜索記錄；
4. 連結了手機的 Google 或 Apple 帳戶（或許找到手機 GPS 位置）。

Case 5

麒麟山失蹤事件

毛骨悚然的經歷

失蹤日期：二〇二一年七月三日

失蹤地點：上水麒麟山

地面搜索次數：2次

失蹤時序：
- 七月四日 (Day 2) 收到消息
- 七月五日 (Day 3) 地面搜索麒麟山西崖
- 七月六日 (Day 4) 地面搜索麒麟山西崖
- 七月七日 (Day 5) 無人機搜索麒麟山坳
- 七月九日 (Day 7) 民安隊發現失蹤者遺體

失蹤者相信是跟着絲帶路走進草叢上廁所而出事的。我們以為草地被自己踩扁，很輕易就能找回原路，殊不知小草可以很快就回復原狀，讓我們找不到回去的路。

奇怪案情——古怪男友？

這宗事件本身就有幾處奇怪的地方，而在搜索過程中更遇上一些無法解釋的古怪情況，令人即使身處炎夏，都感到不寒而慄。

我們先是在七月四日晚上，於社交平台上看見一則尋人帖文，是由失蹤者林小姐的男朋友陳先生發出。我們主動聯絡陳先生，他表示原先和女友約定前一天一起到上水麒麟山行山，但因為他有事要忙，女友便決定自行上山。但直至第二天，女友仍然未回家，手機亦無法接通。我們心中滿腹疑惑，為何男友不赴約，她還堅持上山？為何明知她獨自行山，男友又未有出言阻止？

更莫名其妙的是，在林小姐失蹤當日，陳先生竟然曾經登入她的 instagram 帳戶，為她更新帖文。陳先生

■拍照勝地「心形湖」。

解釋女友在行山期間傳來一張於古洞水塘拍攝的照片，於是他代女友在ig上載相片。雖然行徑古怪，但仍然無阻我們翌日出隊搜索的決心。因為從水塘的相片顯示，她肯定身處山中。

七月五日【Call Out】

我們在七月五日下午五時出隊，主要搜索麒麟山西崖位置，因為西崖上有一個很知名的拍照勝地「心形湖」，同時西崖有大量懷疑是昔日戰壕的坑洞。我們當時猜想，林小姐有沒有可能不小心墮進戰壕？或者是於西崖失足滑落山坡？於是我們從西崖山腳向上行，沿途視察戰壕坑洞，但未有發現。期間，一名隊員更曾不慎墮進戰壕之中，幸好坑洞不深，只受了輕傷。我們合共搜索了七小時，但未有發現，至凌晨二時半下山。

彼時，林小姐的妹妹主動聯絡我們，她感到心急如焚，表示自己剛剛移民到澳洲，還在處理手續，因此沒有辦法即時回港。此外，她在言談間暗示陳先生的說話不可信，又指警方正調查陳先生是否造成姐姐失蹤的始作俑者……

■搜索小隊再次出發到麒麟山西崖。

七月六日【Prolong】

七月六日，我們透過林小姐的 Google 帳戶匯出功能掌握到，在手機快將沒電時，她曾經站於西崖附近，相信她正尋找下山方法，並焦急地尋找附近的出口、車站、路口、馬路或巴士站等。因此，在當晚十一時半，我們再組成人馬在麒麟山西崖進行仔細搜索。

驚慄！對講機傳出救命聲

在西崖搜索期間，對講機突然發出奇怪的「吱吱吱吱吱聲」，接着傳出一把女人呼叫聲——「救命呀！救命呀！」。我們一行人的神經頓時繃緊，並焦急地詢問：「邊個講嘢？邊個講嘢？你係邊個呀？」然而等了良久，都無人回應，放眼四周，空無一人。

詭異的是當時搜索隊身處上水麒麟山，但人在元朗錦綉花園的組織創辦人

Ricky卻同樣聽到對講機的對話。兩地相隔八公里，中間還跨越了大山，平時在行動期間，這部對講機連兩公里範圍內的訊號都接收不到的，Ricky詫異得無法說話。

我們說服自己，救命聲只是有人惡作劇；元朗能夠接收到上水的訊號，只是剛好地勢平坦……

當晚我們還搜索了一個挨近馬路的位置，因為之前發現失蹤者曾經上網搜索過此處。我們驚覺此處有很多山墳，場面實在有點詭秘，大家都克服着內心的恐懼，特別留意墳頭位置，因為墳頭上空通常沒有大樹遮蓋，不少失蹤者會傾向依靠墳頭位置，因視線沒有遮擋，從而讓他人更容易發現自己。但最終未有發現，搜索隊於凌晨三時半下山。

無人機失靈

踏入林小姐失蹤第五天，有很多新消息如擠牙膏般慢慢出現。有傳失蹤者曾經觀看一條 KOL 介紹行山路徑的影片，路線是從西崖經麒麟山坳下山。於是，在七月七日下午，我們派出無人機到麒麟山坳搜索。

期間，無人機一度無法接收到信號，這是那麼多次搜索以來，第一次發生的狀況。最終，在七月九日，民安隊憑着濃烈的屍臭味，在麒麟山坳山腰的一片草叢裏尋獲失蹤者遺體。事後我們發現，無人機失靈的位置正正是失蹤者發生意外的地點，而翻查影片更發現當時曾拍攝到失蹤者的遺體。

種種巧合，令人感到不安。

我們之後亦到場視察，估計失蹤者應該是沿着絲帶路走進草叢如廁，但回程時卻不幸迷路，最終在偏離正常行山徑約二十米的位置，因為熱衰竭而體力不支倒地，那裏距離出口只剩下八分鐘路程。發現其遺體時，她臉部朝下，背包裏還有兩大支幾乎沒有喝過的清水。

提示

勿走迂迴曲折的奇怪路線

很多行山人士迷路的原因，都是因為行走一些沒有人路經的、特別迂迴曲折的奇怪小路。其中，絲帶路（行山人士自行開闢的山路）和KOL教學路徑都是甚為危險和頻生意外的路線。

因此，強烈建議大家乖乖地行走正常的行山徑，避免自行「爆林」開路，那麼即使不幸發生意外，都能夠大大增加獲救的機會。

Case 6

擔柴山失蹤事件

高溫增加搜索難度

失蹤日期　二〇二二年八月二十七日

失蹤地點　西貢擔柴山

地面搜索次數　2次

失蹤時序　八月二十九日 (Day 2) 無人機搜索
八月三十日 (Day 3) 地面搜索
八月三十一日 (Day 4) 無人機搜索
九月三日 (Day 7) 地面搜索及無人機搜索

氣溫超過攝氏三十六度，好熱、好曬、無風，正常裝束都變透視裝。

八月二十八日我們接獲失蹤消息——六旬男子周先生在西貢擔柴山行山後失蹤，手機最後訊號在西貢石屋山附近。我們主動聯絡MP（失蹤者）家屬，了解到周先生一直有行山習慣，幾乎風雨不改，每隔兩三日就會單獨行山，足跡遍及全港。而且，每次都是至少八公里的中長途路線，大部分時候以正常行山徑登山，但有時會選擇奇怪路線下山。

電話訊號消失前突然加速

翌日（八月二十九日），我們先派出無人機在石屋山（西貢郊野公園最高山峰）山頭搜索，飛行時間總長近四小時，雖未有發現，但就留意到擔柴山西北面被燒禿。當日晚上，我們收到最新資料，利用Google匯出功能，得到周先生失蹤前的手機訊號座標。座標清楚顯示他在西貢海下起步，向着擔柴山方向上山。但在下午約二時，手機訊號突然迅速移動，路線呈J字形，其後訊號消失。J字形位置正正是被燒禿了的擔柴山西北面。

被燒禿了的擔柴山西北面。

八月三十日【Call Out】

一行約十五名搜索隊員，在八月三十日早上八時在沙田馬料水碼頭集合，乘搭渡輪前往西貢荔枝莊。我們從荔枝莊上山，經南山洞行至擔柴山，集中搜索被燒禿的擔柴山西北面。我們猜想：快速移動的J字訊號，會不會是電話滑落山坡？整個山頭被燒禿，周先生會不會因為好奇而去查看？他會不會卡在石縫處？但經過六小時搜索，沒有發現。不過，我們能夠排除這一片燒禿的範圍，那裏並沒有周先生的蹤影。

這一天天氣酷熱，山頭溫度超過攝氏三十六度，加上無樹蔭與草叢遮掩，好熱、好曬、無風；而且位置偏僻，必須乘船到達現場，意味中途沒有任何補給站，我們因而要安排其中一位隊員專責揹着載有二十四支飲用水的冰袋上

■搜索當天天氣非常酷熱，不少隊員都體力透支。

山。隊員們都認同這次行動是有史以來最艱辛的一次。所有人都被曝曬得黝黑，甚至皮膚發紅，所有年青力壯的隊員都在回程的船上陷入昏睡。

小插曲一：有大蟒蛇出沒？

八月三十一日，我們再派出無人機，在擔柴山南面的白沙澳營地進行延續搜索。期間，我們發現這一區有很多蛇洞，並聽說十多年前曾有女子被大蟒蛇拉進蛇洞喪命，約五年後有途人在蛇洞發現破爛內衣、錢包、鞋和一些無法消化的橡膠，始揭發事件。因此，白沙澳營地的一位知名蛇王建議我們可以嘗試到蛇洞尋找失蹤者。

■無人機再次出動。

小插曲二：手機會收到 WiFi 訊號？

下午，我們接到友隊消息，表示周先生的手機在快將沒電之前，曾經接收到一個 WiFi 訊號，意味他或許不在山上，而是在山腳。他們建議：「你們在白沙澳嘛，可不可以沿着海下駕車，看看有甚麼 WiFi？」於是，我們駕車來回海下與白沙澳一帶，並觀察到海下有數百個 WiFi 訊號，白沙澳營地 WiFi 覆蓋着很大範圍，再往前駛則出現一個由何氏故居擁有的 WiFi。到底哪一個 WiFi 才是答案？至今仍然成謎。

九月三日【Prolong】

九月三日，踏入周先生失蹤第七天。我們再出隊進行地面搜索，並以尋找氣味為行動方向。友隊表示自八月三十一日起嗅到白沙澳一帶有腐臭味，一度發現臭味源於死豬，但後來在死豬被移走後還是嗅到酸餿味。大家都心裏有數，在白沙澳附近將有所發現。

■相信失蹤者曾走到樹林中找路。

我們今次先沿着他的上山路線搜索，從白沙澳郊遊徑行至南山洞。途中，我們發現原來燒禿了的擔柴山西北面才是原有的行山徑，但由於樹木被燒光，行山人士便逕自往樹蔭方向走，以致密林處出現了一條新山徑。而周先生的手機訊號亦顯示，他曾經在樹林中間找路，尤其是於山脊位置徘徊了近兩個小時，此處出現過多達六十多個小圓點（手機訊號）。

今次地面搜索亦未有發現，但隊員有詳細記錄氣味的位置和風向等資訊。雖然是次搜索路線不長，但卻是一次高質素搜索。

最終，九月十七日有途人發現周先生倒卧於白沙澳營地對出約三百米。死亡原因相信是熱衰竭：下山時耗盡體力，在迷糊之間暈倒。

提示

留意天氣狀況

在遠足和郊外活動時，我們應該時刻留意天氣報告及情況，在極端天氣環境下避免進行戶外活動，以減低意外風險。

在一般高溫情況下，天空會放晴好一段日子，山上景色分外優美，萬里無雲時可以飽覽風景，若加上環境幽靜四周無人，的確是甚為吸引。但在這個優美環境之下，是充滿危機的。烈日當空下持續高溫，很容易會發生中暑或者熱衰竭等意外，此時若身邊沒有人，會令情況更糟糕。所以出發前必須時刻留意天氣狀況，評估行程風險。這樣對行山者，對家人也是一個保障。

Case 7

刀片脊失蹤事件

與正規部隊交流

失蹤日期　二〇二二年七月十一日
失蹤地點　西貢刀片脊
地面搜索次數　3次
失蹤時序　七月十二日(Day 2)地面搜索刀片脊
七月十三日(Day 3)地面搜索餓死雞
七月十六日(Day 6)地面搜索龍蝦灣
七月十六日(Day 6)晚上尋獲遺體

當環境溫度已經非常接近人體溫度的攝氏三十六度，人又如何能夠散熱？又怎麼可能不中暑？

二〇二二年七月是香港自一八八四年有紀錄以來最熱的月份，天文台從七月八日起連續二十六天發出酷熱天氣警告。就在此時，有行山人士在西貢刀片脊失蹤。

我們在行山資訊群組中得知消息，葉先生在七月十一日失蹤。而西貢大坳門茶水亭的閉路電視曾經拍攝到，他在當日早上八時多從公廁出來之後，往刀片脊方向上山。其後，有消息指葉先生曾經觀看由刀片脊前往二戰海防測距站（碉堡）的路線影片。

■登山隊在作登山搜索前的準備。

七月十二日【Call Out】

我們在整理資料後，於七月十二日出動。當日下午氣溫超過攝氏三十五度，而且翳焗無風，因此我們一行約十五人在黃昏時分才開始上山。在月光剛剛從大海升起之際，我們從大坳門茶水亭上行，前往碉堡和刀片脊，沿途經過餓死雞和大嶺峒，耗費九小時排除這些地方的主要行山徑，確認沒有失蹤者蹤影。

地勢險要，崖壁薄削

其實，刀片脊一帶是地勢非常險峻的地段，崖壁陡峭，岩石既薄且削，行山人士無法單靠雙腳通行，需要以雙手攀爬輔助前進，而且稍有不慎就有墮海風險。而從大坳門至刀片脊山徑雖然沿途

■刀片脊一帶都是陡峭崖壁，要用雙手攀爬才能前進。

有茂密野草，但完全沒有大樹，即沒有任何樹蔭可以遮擋艷陽。加上行山徑漫長，沒有太多中途路口，因此一旦開始行山，基本上要耗上六小時才能完成整條路線。因此，所有行山資訊網站都列明：此路線新手不宜，亦不建議在夏天行走。不過，據家屬提供的資料和相片顯示，失蹤者平日熱愛戶外活動，體力不俗，因此可能自恃能夠應付。

七月十三日【Prolong】

在第一次搜索行動時，有隊員在山上嗅到很重的尿臭味。因此我們在翌日晚上進行第二次搜索時，決定多走一次餓死雞，仔細搜索每個角落。由於山頭甚大，我們更在大坳門架設臨時控制站，來存放物資和飲用水。

臨時架設的控制站。

約十五人花上四小時，確認餓死雞一帶的氣味並非源於屍臭味。途中，我們發現很多零碎物品，包括鎖匙扣、口罩、毛巾等，但經家屬一一確認全部均不屬於失蹤者。

最後手機訊號來自布袋澳

七月十四日，即葉先生失蹤第四天，我們獲得關鍵線索，指位於布袋澳的清水灣鄉村俱樂部高爾夫球場的發射塔，曾經接收到他手機的最後訊號，但十分鐘後，手機訊號突然消失。

葉先生無可能在十分鐘內抵達布袋澳；因此，我們在七月十六日進行第三次地面搜索，主要於高爾夫球場發射塔覆蓋到的信號範圍——龍蝦灣一帶進行搜索，尤其留意一些會突然接收不到手機信號的山谷與坑洞位置。行山人士常言西貢有好多「結界」，由於山巒起伏，有部分位置會突然與世隔絕，收不到任何信號，而且西貢有很多密林地帶，很容易迷路。當日地面搜索路途不長，但每一位隊員都把三大支水喝光，因為天氣實在太熱。

據新聞報道，在今次尋找失蹤者的過程中，亦有消防員一度中暑。

同時，我們派出無人機視察海面，這是基於一個想法：「既然西貢另一端的高球場接收到他的訊號，那他有沒有可能是跌進海裏？」同時我們以無人機探索四周，嘗試了解高球場發射站的最遠覆蓋範圍。無人機連續飛行了十數次，以排除所有無可能的地方。在搜索期間，我們亦在現場看見水警沿着海岸線搜索失蹤者。

鼓舞！與正規人員互相交流

當日經過五小時搜索，並無發現；但在行動期間，我們意外地獲得很大的鼓舞。因為在過往眾多行動之中，我們經常擔心會妨礙到正規部隊的工作。但在當日行動中，有正規部隊人員主動前來與我們進行技術性交流，甚至一起打開地圖，共同討論有沒有可能遺漏、未有搜索的地方。我們深切地感受到他們並沒有視我們為麻煩或障礙，反而是由衷地肯定我們的付出。

草叢發現遺體

最終，在七月十六日晚上，即第三次搜索行動結束後不久，就傳來民安隊發現失蹤者遺體的消息。失蹤者躺臥在近大嶺峒（餓死雞附近）的一處草叢位置，一個剛好接收不到手機訊號的地方，相信是因為中暑失救致死。而由於位於陡峭的石崖之中，其後要由飛行服務隊將遺體運走。

如同 Case 5 麒麟山和 Case 6 擔柴山失蹤者一樣，刀片脊失蹤者在出現熱衰竭或中暑癥狀後，在迷糊之間他們都選擇走到陰涼處休息，卻因此偏離了正常行山路徑，一去不返。

提示

高溫勿行山，中暑未必感口渴

根據衞生防護中心資料，當環境溫度過高，身體機能無法及時靠流汗和增加呼吸次數自行調節機制來降溫時，便會出現熱衰竭甚至中暑的情況。熱衰竭的癥狀包括頭暈、頭痛、噁心、氣促及神志不清等。而當體溫升至攝氏四十一度或以上，患者更會出現全身痙攣或昏迷等現象，稱為中暑。若不及時替患者降溫及急救，便會有生命危險。

其實在酷熱天氣警告生效時，意味當日氣溫已經達到攝氏三十三度，而部分地區更會再高幾度。因此，在炎夏真的不建議大家到空曠的地方行山。同時，據曾經中暑的行山人士分享，在中暑暈眩之前未必會感覺口渴，自己未必察覺到自己不適，因此記緊在夏天進行戶外活動時要適時補充水分和鹽分，並為自己降溫。

永遠不要高估自己，時刻量力而為。

Case 8

老伯走失事件

擦身而過

失蹤日期：二〇二一年六月三日

失蹤地點：沙田九肚山

地面搜索次數：2次

失蹤時序：
- 六月三日 (Day 1) 接到求助
- 六月四日 (Day 2) 在沙田市區和九肚山一帶搜索
- 六月五日 (Day 3) 在沙田市區和道風山搜索
- 六月六日 (Day 4) 有市民發現失蹤者遺體

這是我們第一次進行市區搜索，亦是首次找來「車cam匚」（車用閉路電視發燒友）幫忙，而且還真的有車cam拍攝到失蹤者身影！

懷疑老人痴呆發作 凌晨離家

回帶到二〇二一年六月三日，七十四歲李伯伯失蹤當日。李伯伯女兒向我們表示，爸爸在當日清晨離開沙田九肚山住所後，不知所蹤。而在失蹤的前一天，爸爸曾經在半夜醒來說：「我在哪裏呀？我要出去了。」說罷便逕自走到寓所花園內兜圈，幸好媽媽及時將他捉住。家人懷疑或許因為李伯伯剛完成化療療程，出現藥物副作用，而導致他產生老人痴呆症狀。而沒料到的是，李伯伯在翌日便再次離家，並真的走失了，媽媽對此感到非常自責。

了解到李伯伯狀況後，我們先在九肚山居所附近找尋可能拍攝到李伯伯身影的閉路電視片段。在居所不遠處的一個地盤閉路電視，拍攝到李伯伯曾在凌晨時分向山下行。當時伯伯身穿睡衣，包括白色長袖內衣、短褲和拖鞋。

同時，我們在「車 cam L」群組公海發散人手，呼籲沙田區司機翻查自己的車 cam 紀錄，結果有司機發現於六月四日早上，車 cam 曾經拍攝到李伯伯行經一個沙田市區停車場。畫面裏，李伯伯頭向上望，顯得漫無目的地走過。

六月四日【Call Out】

根據車 cam 影像，我們推斷伯伯正朝向沙田單車公園方向前進。於是，我們在兩小時內在沙田城門河、單車公園、各處隧道和街道貼滿街招，亦沿路詢問露宿者和行人，但未有發現。

當天參與市區搜索的隊員不多，因為我們一直以山野搜索為主，市區搜索是完全不熟悉的範疇。而相比起山野搜索，市區搜索可能更加困難；因為城市內有很多「窿窿罅罅」的巷里可以穿梭。例如正當我們在這一條大街走着，伯伯很可能就在旁邊的小路和我們擦身而過。

同時，我們亦不排除伯伯往山徑上行的可能性，故在晚上九時多，我們連同友隊 HKG 在附近山徑進行搜索，直至凌晨二時多收隊。

翌日（五日）我們繼續在道風山一帶以及沙田市區搜索，但沒有任何發現。踏入失蹤的第四天，我們已經無計可施，唯有終止行動。

從巴士下望　偶見遺體

最終，在六月六日有市民發現李伯伯的遺體。該市民向我們憶述，他曾經在街上看過尋人街招。而那天早上他正乘坐開往大埔方向的巴士上班，在路經雙子橋時，因為路況擠塞，巴士緩慢行駛着，此時車廂在天橋上朝地面微微傾斜。而他就坐在巴士上層的最後排位置，在看車窗外時，竟然發現有人倒臥於天橋底，疑似被狗咬噬。第一次他還未敢肯定情況，於是他專程坐巴士回頭，再次乘巴士前往大埔方向，才終於確認是人，並通知警方。

警方及後表示，六月六日早上，有市民於馬鞍山近沙田體育會單車公園旁的停車場，發現一名老翁倒斃上址，證實是失蹤者李伯伯。此意味着搜索隊的推測正確，李伯伯一直向下行，最終行至沙田單車公園附近，或許知道自己快將不行了，於是找了一個地方躲起來。

事件之後，我們曾經到該停車場視察，發現李伯伯躲於停車場最深處，而那裏原本並不開放予人泊車，因此根本無人會行經該處。警方在翻查停車場閉路電視時發現，伯伯大約在六月五日凌晨走進停車場，當時職員剛好在打瞌睡。

在失蹤的第四天，倒臥在一個隱蔽地方，被坐在巴士上的陌生乘客察覺，也許亦是一種緣分。家屬亦樂天地認為這是上帝對伯伯最好的安排。縱然最終遺體不太好看，因為被狗咬爛了臉孔，但家屬都表現得堅強和樂觀，反倒安慰我們說，他們一家都是基督徒，李伯伯年事已高，又撐過了艱苦的化療，這次意外或許已經是最好的結果。

提示
多留意路上迷糊老人

這一次失蹤的李伯伯，以及下一章的失蹤者陳伯伯都有着近似的共通點，他們都是在完成化療療程之後，突然出現老人痴呆症狀，繼而走失。而他們行走方式都有相近的地方，或許因為體力所限，他們多數會朝下行，而不會走上坡。而且，很多時候他們都會選擇仰天上望，顯得漫無目的，有點像小孩子。走到累了，他們會走到較安靜位置靜靜坐着。因此，如果大家在路上看見神色迷糊的老人，不妨主動上前關心他們的去向，或通知警方，如此或許已能拯救一條生命。家屬亦可以考慮為完成化療療程的老人家購買一個掛頸式平安鐘，以掌握他們的行蹤，避免不幸事情發生。

Case 9

青衣伯伯失蹤事件

從清醒至失救

失蹤日期　二〇二二年六月四日
失蹤地點　青衣青華苑
地面搜索次數　3次
失蹤時序　六月四日 (Day 1) 搜索青衣自然徑
六月五日 (Day 2) 搜索青衣三支香
六月六日 (Day 3) 搜索寮肚坑
六月十日 (Day 7) 警方尋獲遺體

最感觸是因為，伯伯最後被發現的位置實在太接近民居了，我們花了好多人力物力在他附近經過，但真的好無奈地找不到。

青衣陳伯伯失蹤事件有着很多無奈和不幸，許多次的失之交臂，令我們很多隊員至今仍然無法釋懷。

二〇二二年六月四日，失蹤者家屬在網上發文指，伯伯在清晨四時多離開青衣居所外出晨運，並向家人交代「到清華苑找朋友玩」。但直至晚上約六時還未回家，家人致電他時，陳伯伯有點神智不清地說：「點解屋企咁濕㗎？我而家跌親，好痛啊！」家人大驚，馬上報警求助。

伯伯清醒，但無法說明位置

警方得知伯伯手機仍然有電，就和伯伯進行視像通話，嘗試找出他的所在地。通話時間長達四小時，但其背景都是山林樹木，無法確認位置。途

動用大量人力在民居附近搜索伯伯。

中伯伯聲稱聽見警察的無線電聲音，警方於是推斷伯伯身處青華苑後方的青衣細山步行徑。

六月四日【Call Out】青衣街坊亦自發尋人

我們即日組織搜索隊，首先在清華苑會合伯伯家人，並到屋苑天台使用無人機在細山搜索。同一時間，伯伯失蹤的消息迅速在青衣社區傳開，引起區議員和街坊的關注，越來越多人自發幫忙，大家紛紛到市區和山上尋人。

其實青衣的行山徑不多，只有南部的青衣細山步行徑，和西北部的青衣自然徑（又稱回歸徑）。

而在無人機搜索細山期間，我們發現山頭上密密麻麻地遍佈警察、消防員和青衣街坊，高峰時期有多達五六十人在小小的細山上。因此，我們決定轉戰回歸徑，約十五人的搜索隊分成三隊，由青華苑上行至長亨村，沿着回歸徑行畢整個寮肚山，從晚上十一時行至清晨六時下山，但沒有發現。

六月五日【Prolong】

這宗個案的其中一個特別之處是，連日來資料不斷更新。在第一日（四日）出隊時，我們幾乎沒有任何線索，甚至不知道伯伯失蹤時的裝束。直至第二日（五日）中午，我們得到一張警方和伯伯進行視像對話的截圖照片，照片時間是失蹤當日的晚上六時四十分，我們根據伯伯頭上的光線，加上太陽遷移的角度推論伯伯應該臉朝日落方向，而事後證實推測正確。

下午四時，我們再收到青華苑停車場出口的閉路電視相片，清楚顯示伯伯身穿藍色外套，頭戴白

■搜索隊分成三隊進行搜索。

■搜索隊在步行徑游繩而下搜索。

色鴨舌帽，手上拿着一袋東西，同時他眼望細山方向。警察翻查八達通紀錄，發現伯伯當日在到訪朋友青華苑居所後，曾到便利店買燒酒。我們才知道，原來伯伯早前完成了癌症的化療療程，在患病之前他曾經好喜歡喝酒，而做化療之後則戒了酒。到底他神智不清是否因為喝了酒？還是化療後的副作用？

六月五日晚上我們再次出動，沿細山步行徑搜索青衣三支香（青衣山）。當日雨勢頗大，間中有雷暴，大家都擔心無法上山，幸而留意到氣象圖顯示未來有三至四小時暫時天清，便兵分三路上山。一隊從細山上山，第二隊行青衣三支香，第三隊行太古漆廠後方。但不久後又開始下雨，最終只有第一隊能夠完成路線。但透過今次行動已成功確認三支香沒有伯伯蹤影。

經過兩日搜索後，大家都變得毫無頭緒，因為青衣就只有兩條山徑，而當正規部隊、街坊和民間搜索隊每一天都有逾百人次上山搜索，基本上已經行遍了每一個可能的角落。大家都感到十分沮喪，伯伯到底在哪裏？

伯伯曾經尋找大樹菠蘿？

失蹤踏入第三日（六月六日），此時傳來消息，有清潔姐姐表示曾經在寮肚坑公廁附近見過伯伯。甚至有街坊稱，伯伯曾經問他「哪裏有大樹菠蘿？」然後他就朝着寮肚坑方向進發。

小插曲：在廢屋聽見人聲

因此，我們在第三次出隊時，搜索了寮肚坑一帶，一路上的確看見不少大樹菠蘿，大家的情緒都甚為繃緊。突然，有隊員用無線電呼喚：「Addison，有人聲，要增援。」於是小隊領隊 Addison 帶着五、六位隊員衝進密林處，尋找聲音來源，發現是從一間荒廢屋子傳出來的聲音。他們戰戰兢兢地開門，始發覺是由一部收音機發出的廣播。據了解，這一帶的廢屋是由未遷進大王下村的居民在昔日興建的，現在已被丟空，成為露宿者的聚腳地。

原來近在咫尺

最終，在伯伯失蹤第七天，正規部隊人員在青華苑附近的青衣西路山坡，發現伯伯遺體。伯伯身旁有幾支原封不動的燒酒，一支都沒有打開過。

我們每一位隊員都感到心情沉重。因為伯伯所在的位置實在是太接近青華苑了，而我們卻一次又一次和伯伯擦肩而過。奈何伯伯沒有呼救，奈何大家都可能覺得沒理由如此靠近民居，奈何大家都以為應該已經有人搜索過那裏，奈何他坐着的位置前方剛巧有一個地盤遮擋着視線……多個不幸事件交織成最大的遺憾。

我們感到很悲傷。因為伯伯在掛斷視像電話後，就一直坐在原地等人救他，但卻沒有人能夠及時找到他。

事後，伯伯的家人打電話給我們表達感謝。通話中，他們一家人圍成一圈，各自分享在今次事件上的心境和感受，還說相信伯伯離開時沒有受到太大痛苦，反過來安慰我們不用太執着和難過。

伯伯家人的堅強，令我們更加心痛和內疚。但同時亦成為鞭策我們的動力。要繼續堅持，才能令下一次搜索不再留有遺憾。

提示

為長者的智能手機開啟定位功能

現今智能手機已經十分普及，除了在遠足行山時可用以尋找路線、GPS定位及記錄行程，在市區也被廣泛使用。但很可惜，在一些腦退化老人走失的個案中，往往未有開啟這個功能，導致錯失了救援最好時機。

如果家中有長者的，建議在智能手機開啟這個功能，說不定在意外發生時能夠幫上大忙。

安全

附錄

注意上山

——應做和必不可做

預防永遠勝過治療

香港既是現代化都市的同時，也不乏自然風景；郊野公園資源尤其豐富，來往都市與郊野之間的交通甚為方便，不少旅客慕名而來探索。在這幾年疫情期間，很多香港人都愛上行山遠足活動，在社交媒體上發佈的遠足路線資料以至郊遊照片（所謂「打卡相」）更是多不勝數——鏡頭下香港的自然郊野景色，與市區的繁華景致構成對比強烈的美感，風光明媚得教人痴痴如醉。然而，如此美麗景色下所潛藏的危機，卻往往沒有在鏡頭中呈現出來，令大眾忽略了應有的安全意識。

香港在二〇二一年一整年間於遠足時發生意外而最終失去生命的共錄得十四宗，當中超過七成是在沒結伴和交代遠足路線情況之下發生。遇到這樣的情況，即使搜索人員（不論正規部隊或民間義工）如何努力，搜索工作也會變得相當困難。這邊廂失蹤者無助地等待救援，生命一點一滴地在溜走；那邊廂失蹤者親友也是心急如焚，等待救援結果的時間往往是最煎熬和漫長的。最終，留下來的往往比離開的更痛苦，家屬們往往需要很長一段日子才能放下悲傷的情緒……

你可能在遠足前已經了解清楚路線，同時帶備充足的乾糧、食水，以至電筒、手提電話的後備電池、紙本地圖等，甚至查詢了天氣狀況，確保萬無一失，但有時候，就是忘記帶備最重要的**安全行山意識**。

香港的郊野美景着實多不勝數，登山老手也未必飽覽全部美景。以下是我們歸納後，建議遠足人士特別注意的行山安全事項。請記住：只要留得青山在，香港的郊野風光有待你慢慢發掘，以及和大家分享。

遠足人士行山裝備及注意事項

基本裝備

1 一公升食水。如天氣炎熱或路程超過十公里，應帶備多五百毫升至一公升食水。

2 能量飲品、鹽、糖以補充電解質。

3 晴雨工具，例如雨傘、帽、太陽眼鏡。

4 便攜式手提電話充電器

5 保暖衣物

6 行山杖

7 電筒

8 個人急救用品

9 哨子

10 手機離線地圖（最好同時配備紙本地圖）

11 指南針

注意事項

Do's

- □ 時刻留意天氣、風向及日落時間
- □ 出發前要計劃好遠足路線，中途應盡量避免遍離原定路線，並告知親友
- □ 帶備足夠食水、食物及有關基本裝備
- □ 與有經驗人士同行

Don'ts

- □ 天文台發出惡劣天氣警報時行山
- □ 偏離計劃路線，或沒有通知親友
- □ 沒有充足準備便出發行山
- □ 單獨一人起行

後記

我們不希望只是搜索隊

自立民間搜索隊（VMST）作為一支義務山野搜索隊，首要任務必定是帶領失蹤者回到家人身邊，這是我們最重視的；但隨着這幾年疫情期間行山失蹤個案與日俱增，投放搜索的資源也相應地增加。所以，與其在意外發生後搜索失蹤者，倒不如嘗試在問題根源處入手，解決大眾因行山安全意識不足而導致意外發生。

我們認為：應從教育入手，在日常生活中向大眾灌輸更多行山安全意識，這總比發生意外後搜索失蹤者來得合時和合適。

有時候太呆板的課程會令人無法牢牢記着；教育應要以人為本，讓人們自然地吸收，才會有深刻印象並銘記心中。我們定期舉辦的一些行山安全意識課程和活動，如山野安全攝影班，在網絡影片平台教導行山安全意識、分享個案，還有跟其他慈善機構舉辦義工活動，都是希望以平易近人的方式，把行山安全意識普及化、大眾化。

希望在可見的將來，透過行山安全意識的教育，能顯著地減少行山意外。

■山野景色雖美，卻埋伏不少潛藏危機。

山野搜救事件簿

主編
VMST（自立民間搜索隊）

文字
彭麗芳

責任編輯
梁卓倫、蘇慧怡

裝幀設計
鍾啟善

排版
楊詠雯、鍾啟善

出版者
萬里機構出版有限公司
香港北角英皇道 499 號北角工業大廈 20 樓
電話：2564 7511　　傳真：2565 5539
電郵：info@wanlibk.com
網址：http://www.wanlibk.com
　　　http://www.facebook.com/wanlibk

發行者
香港聯合書刊物流有限公司
香港荃灣德士古道 220-248 號荃灣工業中心 16 樓
電話：2150 2100　　傳真：2407 3062
電郵：info@suplogistics.com.hk
網址：http://www.suplogistics.com.hk

承印者
美雅印刷製本有限公司
香港九龍觀塘榮業街 6 號海濱工業大廈 4 樓 A 室

出版日期
二〇二三年二月第一次印刷

規格
特 32 開（210 mm × 142 mm）

Published and printed in Hong Kong, China.

ISBN 978-962-14-7458-2